Thomas et le Fossile

Thomas the Tank Engine & Friends™

CRÉÉ PAR BRITT ALLCROFT

D'après The Railway Series du Révérend W. Awdry.
© 2008 Gullane (Thomas) Limited.
Thomas the Tank Engine & Friends sont des marques de commerce de Gullane (Thomas) Limited
Thomas the Tank Engine & Friend & Design est une marque déposée auprès du U.S. Pat. & Tm. Off

2008 Produit et publié par: Éditions Phidal inc.
5740, rue Ferrier, Montréal (Québec) Canada H4P 1M7
Tous droits réservés
www.phidal.com
Traduction : Valérie Ménard

Imprimé en Malaisie

Nous reconnaissons l'aide financière du gouvernement du Canada par l'entremise du PADIÉ pour nos activités d'édition.
Phidal bénéficie de l'appui financier de la Société de développement des entreprises culturelles (SODEC).

Phidal

HiT entertainment

Thomas rentra à la gare après avoir terminé sa journée.
Il aperçut James et Gordon qui discutaient ensemble. Lorsqu'il arriva
à la hauteur de la tour d'eau, il put entendre tout ce qu'ils disaient.

«Je suis trop noble pour tirer ce chargement de fossiles, dit Gordon.

— Je sais, ajouta James. Je suis soulagé qu'ils aient demandé à ce vieux paquet de boulons de s'en occuper. Les locomotives de cette gare sont trop splendides.

— Je me demande pourquoi ils l'ont choisi. Il est si vieux.

— Ne sois pas surpris ! C'est tout à fait normal qu'ils aient demandé à un fossile d'en tirer un autre », dit James. Les deux locomotives se mirent à rire.

Thomas se demandait de quoi ils pouvaient bien parler.

Thomas alla rejoindre Percy aux hangars.

« As-tu vu Stepney ? demanda Percy. Tu sais quelle sera sa prochaine livraison ?

— Non, mais j'ai entendu Gordon et James en discuter, répondit Thomas. Ils ont dit qu'il s'agissait d'un chargement de fossiles. »

Thomas aimait bien Stepney. Stepney était l'une des plus vieilles locomotives de l'île Chicalor. Il avait beaucoup de vécu et racontait toujours des histoires intéressantes.

L'histoire que préférait Thomas était celle de Sir Topham Hatt lorsqu'il était enfant.

Par une belle journée ensoleillée, le petit Topham Hatt
était allé se balader en carriole avec son grand-père.
Soudain, l'essieu de la carriole cassa et le cheval
se sauva au galop.

Au même moment, Stepney, une locomotive toute
neuve, circulait sur la voie ferrée. Puisqu'il transportait
un chargement de charbon, il n'y avait aucun passager
à bord de ses wagons.

Il n'y avait qu'une solution. Topham Hatt et son grand-père grimpèrent sur le dessus du tas de charbon. Et Stepney démarra.

Lorsqu'ils arrivèrent en ville, le petit Topham Hatt était couvert de résidus de charbon de la tête aux pieds. Il était très sale… de même que son grand-père. Les deux se mirent à rire. Ils ont même immortalisé ce moment sur pellicule !

Le lendemain matin, Thomas alla rejoindre Stepney.
« Bonjour monsieur, dit poliment Thomas.
— Bien le bonjour Thomas, répondit Stepney en souriant.
Que penses-tu de ma livraison spéciale ? »

Thomas jeta un coup d'œil au coffre et au rocher sur lequel
se trouvait un squelette. Il ne voulait pas faire de peine à
Stepney. « C'est vraiment ch-ch-chouette ! » balbutia-t-il.

« C'est le truc le plus ancien que j'ai jamais transporté !
dit Stepney en riant. Ça me rajeunit. Le coffre est rempli
de pierres précieuses datant de l'ère des chevaliers et
provenant du château de Rolf. »

« Ce fossile date de l'ère des dinosaures. Il fera partie
de la foire du musée de Tidmouth. J'y prendrai part
également, car je suis aussi un vieux fossile »,
dit-il fièrement.

Thomas trouvait l'idée très intéressante, mais il se rappela ce que James et Gordon avaient dit à propos des vieux fossiles. Thomas ne savait plus quoi en penser.

Au même moment, Sir Topham Hatt rejoignit les locomotives.
« Stepney doit livrer sa livraison spéciale à Tidmouth à temps
pour le spectacle du musée, dit-il. Mais la colline qui mène à
Tidmouth lui sera peut-être difficile à monter à cause de la
pesanteur de son chargement. Est-ce que l'un d'entre vous
pourrait l'aider en le poussant ? »

« Pousser ? Je ne toucherai jamais à un chargement constitué de fossiles, dit Gordon. Laissons ce paquet de boulons se débrouiller seul. Je ne m'occupe que des livraisons importantes. »

Thomas ne voulait pas que les autres se moquent de lui. Cependant, Stepney semblait attristé.

«Je pousserai Stepney, murmura-t-il.

— Merci Thomas, dit Sir Topham Hatt. Je suis reconnaissant lorsque les locomotives sont vraiment utiles. » Il lança un regard sévère à Gordon.

Gordon éjecta un jet de vapeur et James émit un gloussement.

Thomas poussa la locomotive hors de la gare. « Fais attention de ne pas être confondu avec un tas de ferraille : tu pourrais te retrouver au dépotoir ! » cria James.

En route vers Tidmouth, Thomas s'inquiétait des propos que tiendraient les autres à son égard. Il savait que les enfants l'aimaient bien, mais allaient-ils penser qu'il n'est qu'un « vieux fossile » lorsqu'il arriverait à la gare avec ce « paquet de boulons » ?

Lorsqu'ils arrivèrent à Tidmouth, Thomas poussa
Stepney jusqu'au hangar dans lequel allaient être exposés
le fossile et le coffre. Cependant, personne ne sembla
avoir remarqué leur présence.

Soudain, un jeune garçon cria : « Regardez !
C'est Thomas ! Et il a emporté un dinosaure ! »

Thomas et Stepney furent aussitôt entourés de gens.

« Super !

— Wow !

— Vous avez vu ? »

Thomas n'avait jamais vu les enfants aussi enthousiastes. Thomas était excité lui aussi.

Le gros contrôleur se dirigea vers eux. Thomas se mit à sourire lorsqu'il vit qu'il était couvert de poussière.

« Bon travail, Thomas ! dit le gros contrôleur. J'aurais dû venir avec toi et Stepney. J'ai eu une crevaison. Stepney, tu te souviens du jour où nous avons dû, mon grand-père et moi, monter dans le wagon rempli de charbon ?

— Bien sûr, gloussa Stepney. Vous étiez un petit garçon heureux, monsieur.

— Aussi heureux que ces enfants. Ils n'oublieront jamais cette journée. »

« Et moi non plus », ajouta Sir Topham Hatt.
Un photographe s'approcha d'eux et leur
demanda de sourire.
Clic !